식량주의자

식량주의자

양문규 시집

詩와에세이

2010

차례__

제1부

제2부

제3부

제4부

제1부

홍시

햇살도 터져 내린 늦가을 저녁
찬 서리마저 핥아 빨아먹고
그렁저렁 한 주먹 살이 된
아, 늙은 아버지

아스라이 감나무에 매달려 있다

곡우

청명과 입하 사이
곡비는 제 배설물을 빈 쌀독에 가득 채웠다
찰찰 찰거머리였다
눈과 코와 입이 까만,
몸 없는 바닥과 한 몸을 이루었다

아버지는 다랑이 논을 갈고 있었다
바싹 말라비틀어진 몸
삭은 작대기 같지만
마음은 빗물 따라 회전 중이다
저 뭉클한 땅의 맛

그때 나는 계곡을 휘돌아 나가는
물소리에 귀 기울였다
누가 저 물의 중심에 구멍을 내었을까
어떤 하루가 온몸으로 낸
뜨거운 사랑 또 하나의 길을 본다

누군가 구름 한 차 부려놓고
어디론가 흘러가는 또 다른 봄날이었다

시래깃국

수척한 아버지 얼굴에 박혀 있는 검은 별을 본다

겨울은 점점 깊어가고
잔바람에도 뚝뚝 살을 내려놓는 늙은 감나무
열락과 고통이 눈 속으로 젖어드는 늦은 저녁
아버지와 시래깃국에 밥 말아 먹는다

세상 어떤 국이
얼룩진 자국 한 점 남김없이 지워낼 수 있을까
푸른 빛깔과 향기로 맑게 피어날 수 있을까
또 다른 어떤 국이
자잘한 행복으로 밥상에 오를 수 있을까
저렇게 부자간의 사랑 오롯이 지켜낼 수 있을까

어느 때라도 "시래깃국" 하고 부르면
일흔이 한참 넘은 아버지와
쉰을 갓 넘긴 아들이 아무런 통증 없이

공기 속을 빠져나온 햇살처럼 마주앉아 있으리라

세상은 시리고도 따뜻한 것이라고
내 가족 이웃들과 함께
함박눈을 밟고 겨울 들판을 횡하니 다녀와서
시래깃국 한 사발에 또다시 봄을 기다리는

수척한 아버지 얼굴에 박혀 있는 검은 별을 본다

아버지의 감나무

비탈진 밭둑가에 감나무를 심는다
뿌리가 실한, 등이 반질반질한
올곧은 놈들 골라 심는다
아버지는 그 감나무에 기대 걸으며
남은 생을 마칠 것이다

감나무는 자라 바람에 흔들리면서
말동무가 되어주기도 하고,
맑은 햇살에 잎을 반짝이며
다디단 가을 선사할 것이다
그러나 채 꽃을 피워 열매 맺기도 전
아버지 고단한 육신 내려놓을지 모른다

흙과 더불어 일생을 살아온
일흔두 살의 아버지 감나무를 묻는다
할아버지의 할아버지가 그러했듯이
몸은 가난했으나 한없는 마음으로

자식인 양 눈물 주며 감나무를 키울 것이다

돌아가는 길 하늘이 아니라
감나무로 다시 태어난다는 걸
오래전부터 온몸으로 알고 있던 아버지
가을날 굵고 실한 열매로 남고 싶은 것이다
바람에도 곧잘 부러지는 여린 잔가지
태연히 끌어안고 하늘을 떠받치는,
아버지 낡은 뼛속에는 감나무가 자란다

미루나무 연립주택

눈과 비 오고 가는 사이, 꽃 피고 지는 사이, 저 훤칠한 미루나무 공사가 한창이네 반 지하 굴뚝새 연방 고난이도 비행을 하며 굴뚝을 넘나들고, 구불텅구불텅 태양의 빛이 한마당을 이루네 붉은머리오목눈이 비루한 1층 둥지 속에서 제 몸보다 큰 알을 품고 푸르디푸른 안부를 묻는데, 뒤도 돌아보지 않고 떠나는 저 찬란한 소리 울울창창 숲으로 가고 있네 딱따구리 몇날 며칠 부리, 부리로 막노동하는 2층 작은 다락방 젊은 날 아버지 맨손으로 들판을 일구던 피눈물 첩첩 묻어 있네 후두둑 빗방울 물고 나는 까치, 해와 달과 별을 따라가다 잠시 3층 난간에 걸터앉아 있네 아직도 봄 멀기만 한데 가난한 시인 긴 빨랫줄에 매달려 옥탑을 오르네 아뇩다라삼먁삼보리 무지개다리도 없이 허공을 건너네 눈과 비 오고 가는 사이, 꽃 피고 지는 저 사이,

늙은 식사

숭숭 구멍 뚫린 외양간에서
늙은 소 한 마리 여물을 먹는다
인적 드문 마을의 슬픈 전설
허물어진 담장 위에서
캄캄한 어둠 속으로 흘러내린다
한낮의 논배미 출렁이는 산그림자를
되새김질하듯 물 한 대접 없이
우직우직 여물을 먹는다
어두워지는 때 무엇을 먹는다는 것은
그리움을 찾아 나선다는 것
따순 햇살 흠뻑 먹은 들녘으로
뚜벅뚜벅 걸어 나가고 싶은,
우리 아버지 뜨뜻한 아랫목에서
벌겋게 밥 비며 먹는다

나무는 안다

깊은 산의 나무는 안다
나무가 꽃을 빨리 보기 위해선
높은 곳에서 낮은 곳으로
한발 더 내려와야 한다는 것
그러나 나무는 길을 떠나지 않는다
벌거벗은 햇살들
달빛보다 차가운 나뭇가지에 앉혀 놓고
다만 더 많은 시간을 기다릴 뿐,
벌써 죽어 껍데기만 남은 나뭇가지
장사지내고도 한참을 더
겨울 속에서 안거해야 한다는 것
우리 아버지 농사 피롱해 먹었어도
겨울이 지나면서 맑은 햇살
작은 어깨에 지고 들판으로 나간다
또 닥칠 거센 비바람 아찔해도
농사 곧추세워 반듯한 살림 이루리라는 것
꽃이 나무를 보이지 않아도

깊은 산에서 자란 나무는 안다

아버지의 연장

아버지 집에는 오래된 낡은 연장들이 많다
어깨가 빠진 지게 이가 빠진 낫살 휘어진 갈퀴
손자루가 부러지거나 몸통만 남은 괭이 삽 호미 망치
도끼
녹슨 쟁기, 농사일에서 없어서는 안 될 크고 작은 연
장들
집구석 여기저기에 처박혀 있다
한낮인데도 들판으로 나가지 않고 깊은 잠 속에 빠져
있다
해 뜨는 이른 봄부터 해질녘 늦은 가을까지
아버지의 손과 발이 되어 주던 연장들
아버지 제 살붙이처럼 어루만지고 있다
휘어지고 부러진 녹슨 연장보다
흰 머리 삐걱대는 팔다리
캄캄한 눈, 들리지 않는 귀,
자신의 몸뚱이가 더 늙고 병들었건만
아직까지 밥만 축낸다며 볼멘소리를 한다

저 연장들 잠만 잔다고 안타까워 그렁거린다

겨울이었다

윗방 수숫대 통가리에 고구마가 들어 있었다

뒤뜰 장독대 옆 배가 불룩한 구덩이 속에는 무가 가득
하였다

곳간 시렁에는 분이 듬성듬성 난 감 껍질이 소쿠리에
수북하였다

다섯 식구 겨울양식이었다

아버지는 사랑방에서 새끼를 꽜다

방둥이 사이로 빠져나온 새끼줄이 산처럼 쌓여 있었
다

아버지가 꼬아 놓은 새끼줄로

어머니와 누이는 가마니를 짰다

차가운 겨울이 거친 가마니 한 장에 덮여버렸다

동생과 나는 딱지치기를 하다가

물컹하게 삶은 고구마를 동치미와 곁들여 먹었다

살짝 얼은 무를 깎아 먹고

무 방귀를 수시로 뀌면서 코를 막았다

감 껍질을 먹다가 하얀 분이 묻은 손가락을 빨아먹었

다
　　손가락을 빨 때마다 아랫마을 점방
　　알록달록한 눈깔사탕이 간절하였다
　　밤이 깊어가는 줄도 모르고
　　이웃집 개가 눈을 밟으며 짖어댔다
　　세상을 밝히는 등잔불이 봄 물결처럼 푸르른 겨울이
었다

겨울나무에 기대어

나무는 해마다 흰 눈을 데리고 와서

어린 나뭇가지를 다독다독 덮어주는데

종래 눈발의 길은 보이지 않는다

아무런 고통 없이 밥그릇을 챙겨들고

아버지의 무거운 어깨를 툭, 친다

봄이 오기 전 흰 눈을 데리고

나무가 눈 밖으로 비켜나가듯

겨울나무에 기대어 누군가 눈을 턴다

밥그릇이 고봉으로 환하다

식량주의자

식량주의자였던 아버지 평생 농사꾼으로 산다
논과 밭과 한 몸으로 연민할 것을
사랑할 줄 아는 아버지의 연대
쌀 보리 밀 콩 감자 고구마를 위하여
일흔, 하고도 네 해 동안 보급 길 걸어왔다
뜨거운 숨을 내뱉으며,
땅속에 낙원이 들어앉길 바라진 않았지만
똥막대기보다 못한 농사가 뭐 그리 대단해
폐농의 논과 밭 밟지 않고
사월과 오월 사이
거침없이 자운영꽃 자청한 검붉은 울음
아직도 토해내는 것인가
새파랗게 빛나는 농사는 어디에도 없는데,

그늘 속에는

하늘 받든 은행나무는 안녕하신지?
햇살 푸지도록 환한 날
다시 천태산 영국동(寧國洞)으로 든다
은행나무는 낮고 낮은
골짜기를 타고 천 년 동안 법음 중이다
해고노동자, 날품팔이, 농사꾼
시간강사, 시인, 환경미화원
노래방도우미, 백수, 백수들……
도심 변두리에 켜켜이 쌓여 있는
어둠이란 어둠,
울음과 울음의 바닷속을 떠돌던
사람이란 사람 모다 모였다
가진 것 없어 정정하고
비울 것 없어 고요한
저 은행나무 그늘이 되고 싶은 게지
하늘을 닮아가는 아버지도
밭둑가 구름이 드리운 그늘에

잠시, 고단한 몸 풀고 있을 것이다
모든 그늘 속에서 쉬는,
키가 큰 만큼 생이 깊은
천태산 은행나무 아직도 법음 중이다

콩꽃 피었다

자투리땅에 콩꽃 피었다

밭두렁에 밭두렁콩
논두렁에 논두렁콩
울타리에 울타리콩

비리고
아리고
상큼한,
콩

우리 아버지
몸속에
콩 들어 있다

피땀으로 결집된
콩콩콩

몸속을
빠져나와

논두렁에 피었다
밭두렁에 피었다
울타리에 피었다

진신사리보다
알찬 콩
알콩달콩
콩꽃,

아버지의 아침

아버지의 아침은 빠르다
열린 삽짝 밖으로
달빛이 꼬리를 감추기도 전
백발
땀범벅으로 들판에 서 있다
아직은 햇살이
천국에서 솜이불을 덮고
깊은 잠에 빠져 있을 시간
일이 목숨보다 귀한
아버지 거름내고 풀 뽑고,
후딱 한나절 일 끝내고
집으로 돌아오는 길
할 일 없이 울어쌓던
논배미 개구리 울음소리
큰 발소리에 화들짝 놀라
둠벙 속으로 떨어진다
무거운 어둠 걷히는 새벽녘

밥주머니

꿀을 빨며 벌이 흘러간다
꽃밭 속의
저 가벼운 숨결,

자줏빛 자루에도
노란 보자기에도
저 분홍 같은 주머니에도
달콤한 똥 냄새가 난다

꽃이 아니었어도
아버지의 밥주머니
내 알몸을 키우던
수액들이 물씬 흐르고 있었지

낯선 산길 내리막길
실핏줄이 보이는 꽃잎 속
밥주머니 탱탱하다

제2부

꿩이 날아간 자리

가시덤불숲에 꿩들이 짝을 져 노닌다
간밤에 노루도 다녀갔나 보다
똥 무더기가 한 짐이다
깊은 산에 살아도
볕 잘 드는 언덕이 그리운 것인가
손만 뻗으면 잡힐 것 같은
놀란 꿩들이 푸드득 날아간다
지나가는 새들도 바삐바삐 몸을 뺀다
가만 가만히 생각해 보니 저 자리,
그 옛날 아버지 나뭇짐 해 나를 때
지게 받쳐놓고 쉿, 하던 자리다
함박눈 내려앉는 이른 아침
어느새 나도 그 자리의 주인이 되었다

새벽녘

들밭의 칠순 아버지

땡감처럼 탱글탱글하다

별들이 뽀얀 화장을 지우고

소텅소텅 솥이 텅 비었다는

소쩍새 울음 따라

들밭에 거름내고

논 갈고 밭 갈고

인삼밭에 풀 뽑고

배밭에 로터리치고,

어머니는 아궁이에 식은

된장찌개 아욱국 데우고

또 데우고

소쩍새 울음

이미 그친지 오래다

감

노인은 아주 오래된 감나무에 오른다
삭정이가 된 나뭇가지가 많다
다래끼에 감을 따서 담는 시간
노인의 몸속에 흐르는
적혈구는 삭정이가 된 나뭇가지보다 하얗다
감 따기보다 빠듯한 시간이 노인 곁에 있다
겨울이 흰 눈을 데리고 오기 전
감은 얼마나 많은 기쁨을 주어왔던가
감물 든 노인의 손이
자꾸만 다래끼에 담긴 감에게 간다

길

트랙터가 가을 햇살을 타고 넘는다

짓뭉개진 볏더미에서 담액 흘러나온다

수평선에는 금도끼 은도끼가 없다

까만 날개를 가진 까막까치가

아버지 대신 헐거운 몸을 털고 있다

겨울이 와도 버려지지 않는 길

눈물겹도록 질기디질긴 황금 고집도

단 몇 시간 만에 날벼락을 맞았다

몹시도 몹쓸 망나니의 날인 것이다

오래된 밥상

고추 한 망태 따내고 풀 한 짐 지고
해 저물어 집으로 돌아온 아버지
어두운 방 홀로 밥상도 없이
날된장에 고추 찍어 밥 한 사발
찬물에 말아 후딱 치울 때
둥근 쟁반 위에 놓인 샘물 속으로
초저녁 잔별들이 내려앉는데,
거기 내가 좋아하는 오래된 밥상
오두마니 들어앉아 있는데,
할아버지 할머니, 삼촌 고모 조카들
까스르르 보이지 않아
풀벌레 우는 저녁 목구멍이 뜨겁다

개망초

농사 아닌 곳에 발붙이고 산다
말한 적 없다
수천수만 골백번 나도 모르게 되뇌다
미치도록 서러운 건
하필 이 땅의 일용할 양식을
눈물범벅으로
하얗게 꽃만 피우다니
한뎃잠을 자면서도
밤하늘의 별과 내통을 하지 못하다니
꽃을 들고도 헛것이라고,
꽃이 없다
쌍욕을 들어야 하다니
농사 아닌 곳에 임자로 살아야 하는
죄 아닌 죄, 예취기소리도
멀리 비껴서 가는
천벌(天罰) 속에
내가 새로운 입성을 걸친다

미루나무 하늘에 있다

미루나무가 하늘에 귀를 적신다

미루나무는 땅을 딛고
허공을 뛰어넘어
억만년 전부터 하늘에 있었다

아이가 미루나무 왜 저리 키가 크냐고 묻는다
미루나무가 하늘에 있다
미루나무 땅 위에서 하늘거리지
어찌 하늘에 있냐고 되물었다
미루나무 꼭대기가 땅이다

아이가 할아버지 왜 머리가 희냐고 묻는다
할아버지가 하늘에 있다
할아버지 땅을 일구고 있는데
어찌 하늘에 있냐고 되물었다
농사의 꼭대기가 하늘이다

미루나무는 땅에서 일어나
하늘로 가는 농사꾼
미루나무 땅에 뿌리로 두고
하늘을 길로 삼아
억만년 전부터 하늘에 있었다

아버지, 그 마지막 하늘에 걸려 있다

풀들의 성찬

두엄은 생기의 자리다

초복 지나 장마의 초입
풀들은 제 키를 하늘에 올린다

완백의 아버지
앞산 뻐꾸기
뒷산 부엉이소리
놓칠세라
아침저녁으로
풀들의 장사를 지낸다

풀들은 죽어서도
성찬을 이루는가

앞산 뻐꾸기
뒷산 부엉이

썩은 풀숲 속에서도
끊임없이
제 울음 운다

풀들은 딴 세상까지 갔다가도
말복이 지나기도 전
두엄으로 다시 살아온다

겨울과 봄 사이

겨울과 봄 사이 해는 가슴높이에서 지고 뜬다
하루아침과 하루저녁의 구름도
가슴높이에서 눈뜨고 잠잔다
그리움도 저렇듯 가슴높이에서
어두워지고 환해지는 걸까
활짝 귀를 열고, 이 겨울이 가고
또다시 봄이 만개하기 전
눈도 비도 아닌 구름의 소리를
낮게 흘러가는 가슴높이에서 듣는다
사철 꽃을 피우고 지우는 게
하늘과 땅 사이 가슴높이에서 뿌리를 내리는 것을
겨울의 길은 봄의 마음을 보고 있다
봄의 마음은 겨울의 길을 읽고 있다
눈 깜짝할 사이도 없이
꽃의 바다를 이루는 산촌
작은 오솔길 위로 떨어지는 진눈깨비,
진눈깨비의 현란한 소리를

봄과 겨울 사이 나는 듣고 있다

도둑고양이

산방 대숲 돌무더기 사이
이른 봄부터 쥐 대신 도둑고양이 한 마리
세 들어 들락날락하는 것이다
살구꽃 봄비 속에 흠뻑 젖어드는 오후
빗소리 따라 물비린내
대숲 흔들어 깨우는 소리 뜨거운데
뒷방 쪽문을 여니, 야—웅
야—웅 눈도 채 뜨지 못한 새끼 고양이 다섯 마리
어미의 젖을 쭉쭉 빨아대고 있는 것이다
제 어미를 닮지 않은
저 어린 생명들 천아(天兒) 같다
저것들도 자라면 도둑고양이가 되겠지
한 생각 마음을 옭아매며
죽은 쥐의 영혼에 물든 푸른 대숲
휘돌아 구천에 닿는 것이다
아버지, 당신이 낳은 이 세상
무늬 없는 바람 어디 있으랴

도둑만한 자식 어디 있으랴
텃밭에 거름 내고 있을 늙은 아버지
쇠똥범벅으로 꽃봉오리 바라보고 있겠지
집 밖을 떠도는 도둑고양이 위하여
굽은 등 꼿꼿이 세우고
땅을 파고 있을 거야
봄비 내리는, 이른 봄날

들길

아버지가 앞서 가고
아들이 따라가는 들길
누렁소가 앞서 가고
송아지가 따라간다

들일 끝낸 아버지
집으로 가는 길
아랫도리 붉은 고추잠자리
하늘을 휘 젓는다
뜸북뜸북 뜸부기소리
논물에 잦아들고,
적멸을 꿈꾸는 하늘나리
들길에서 관을 연다

어린 아들은
해가 지는 줄도 모르고
시냇가에서

물수제비를 뜬다
물방개를 잡는다

송아지 노을이
붉게 타는 언덕에서
풀을 뜯는데,
누렁소
음무— 음무—

구수골

자정 넘어 아버지와 구수골 인삼밭 간다
묵뫼 있는 모롱이 돌아서면
밤손님 지나갔다는 김영감 인삼밭
흉물스럽게 파헤쳐져 있다
힘에 부친 아버지 발소리 숨이 감프다
야트막한 포도밭 지나 반 마장쯤 더 걸어가면
물봉선 지천으로 피어 있는 늪
늦반딧불이 있다 삭아가는 작은 불빛
죽음을 각오한 지 오래인 듯 고요하다
아버지 깊은 주름 파이도록 일만 하셨다
죽음이 지척인 것 알면서 땅만 파셨다
한때는 마당 환히 비추는 달빛이기도 했지만
이제 크고 강한 다리는 풀리고
고요하고 평온해진 발소리
늦반딧불이 작은 불빛을 닮았다

예쁜 벌레들

밤바구니 토실한 알밤
아작아작 박살낸다
깍지벌레 붉은 감
피고름으로 범벅 지운다
청벌레 무 잎사귀
갉아 씹어 걸레로 만든다
복숭아 속 벌레 물렁물렁한 과육
까맣게 태워 달빛에 장사 지낸다
새빨간 둥근 입술
예쁜 벌레들
연말이면 떼지어 몰려와
늙은 아비 등골 빤다
낡은 집에 홀로 사는
등 굽은 아버지
허공을 당겨 안고 몸을 비운다

쥐 박(髆)이 놀이

초등학교 때 시도때도없이 쥐꼬리를 잘라 학교에 제출하였다 도장, 정지, 헛간, 장독대, 우물가, 심지어 안방과 다락방, 사랑방, 똥숫간이나 돼지막, 고구마굴까지 쥐새끼들이 살림을 차렸다 거기는 야무지게 살림을 한 아버지가 다니는 길이었다

살림살이를 축내는 쥐새끼들을 아버지는 닥치는 대로 잡아 죽였다 쥐약과 쥐덫, 심지어 지게작대기로 때려잡았다 쥐꼬리 숙제는 아버지의 길을 잘라가는 일이었다 쥐꼬리 제출 숙제는 식은 죽 먹기였다

삼십 년 세월이 흘렀다 아버지의 길은 구부러질 대로 구부러졌다 쥐꼬리 제출 숙제 따위 상상도 못하는 아들놈은 컴퓨터 앞에 앉아 쥐 박(髆)이 놀이를 한다 쥐의 눈, 코, 입, 귀, 구멍이란 구멍, 똥구멍까지 날카로운 송곳으로 후벼판다 그래도 쥐새끼는 싱글벙글 깐죽댄다 아들놈은 악다구니로 쇳물 퍼붓기, 도끼로 머리 찍기, 식칼로 배 가르기를 계속하지만 쥐새끼는 떡볶이집, 골목 슈퍼유유히 가로질러 쌀 가공 공장, 보육시설, 시골 학교로

유유히 싸돌아다닌다

　꾸부정한 아버지의 살림 길이 상처투성이다 쥐새끼들
은 날이 갈수록 더 활개를 치고 아버지는 점점 힘을 잃는
다 아들놈은 더욱 잔인해져만 가고,

능소화 시절

아버지 담벼락을 타고 올라 노래를 불렀다

가는 세월과 오는 세월이
아버지를 오래도록 담장 위에 올려놓고
온몸에 불을 지피던,
황홀한 시간이 쉰, 몇 날까지 이어졌다

어떤 모진 삶도 능소화 앞에서는
붉디붉은 꽃 이파리
제 하고 싶은 바 꽃이었다 하늘이었다
뼈마디 활활 불태우던,

날이 저물고 찬비 내리는 날
아버지는 저 매미소리와 함께 담장을 내려왔다
낡은 어깨가 인삼밭 해가림 천막처럼
축 내려앉아 땅바닥에 닿았다

군사개발독재와 우루과이라운드를 넘으며
아버지는 새벽 마당을 깨끗이 쓸고
담벼락을 타고 올라 초지일관 노래를 불렀다
그 노래 하늘로 쭉쭉 뻗는 능소화였다

또 날이 저물고 찬 서리 내리는 날
자유무역협정의 한—찔레, 한미 FTA,
아버지는 마른번개 천둥소리와 함께
영원히 담장을 내려왔다
능소화 시절은 온데간데없이 허물만 남았다

제3부

매화나무 곁을 지나다

이른 봄날, 매화나무 곁을 지나는데,
여자가 흙 담장에 걸린 꽃가지를 꺾고 있다
하늘이 구름을 내려 꽃을 피우는가
그 여자 매화의 가지에 얹혀 흐느끼듯 꽃을 단다
지난날들은 뒤돌아보지 마라
기울어진 몸이 헛되지 않았다고
속살이 열린, 하얀 꽃송이 허공 속으로 들어간다
햇살 따뜻해 바람 환한 날
사랑하고 싶어 나무매화 속을 엿보는데
매화나무 안에서 그녀가 옷을 벗고 있다

애기 단풍

어린 울음이 가을 속으로 길을 낸다
이제 겨우 배냇저고리 벗은 이파리다
부린 몸이 허공보다 가볍다
돌아가야 할 길 유난히 맑아서 하늘이 가깝다
이 뭣고? 백양사 애기 단풍

직지 (直指)

직지사 나무들은 달을 가리키고 있다
둥글게 말아 올린 일주문의 칡뿌리와 싸리나무도 달을
우러러 보고 있다
부처 부처의 아기부처도 달빛을 타고 있다
참매미의 참 울음소리
지난밤 달의 수액을 받아먹고 둥글어진 나무들을 닮아
있다
목백일홍은 바람보다도 흰 목을 하늘에 바치고 있다
나무들의 뿌리를 적시던 차진 물소리
담벼락의 머루 다래도 달빛을 머금고 있다

네모난 말을 쏟아내는 짐승들이
둥근 달무리 속으로 들어가고 있다
입속의 짧은 혀,
오직 침묵만으로 나무들에게 절하며 걷고 있다

무극(無極)

산중의 봄날엔 소리들이 무극(無極)에 닿는다

강화 바닷가에 홀로 십 년 가까이 사는 시인
어느 상 받는 자리에서
자신의 시 기러기 울음만도 못하니
이 상은 당연히 기러기에게 주어야 한다고 설한 적 있
다

나의 시에는 소리가 없다
소리가 없기에 시가 되지 않는다
그렇다고 우는가
뻐꾸기 쑥국새가 운다

봄맞이꽃들 속에는 어떤 소리들이 들어 있을까
냉이, 홀아비꽃대, 너도바람꽃, 개구리자리,
나도양지꽃, 뫼제비꽃, 깽깽이풀,
봄구슬붕이, 처녀치마, 꽃마리……

이 산중의 봄날은 물결치듯 소리로 흘러간다
그 소리는 아침을 열어젖히지 않는다
햇살 한 줌 주워 담으려고도 애쓰지도 않았다

시가 아닌 곳에서 울음이 되고 마는 것이었다

천태산에는 영국사가 없다

천태산에는 영국사가 없다

산과 산 사이 물 따라 바람 따라
영국사는 온데간데없고
그 자리 천 년 은행나무
안과 밖 경계를 지우며
가고 오는 사람들에게 참배를 한다

구름과 구름 사이 희미한,
영국사에서 빠져나온 부처
무주공산 떠돌다 지상으로 돌아와
행불(杏佛)이 되었던가
수천수만 나뭇가지 비집어
광대한 허공 속으로 귀를 내고
천수천안 관음을 펼친다

은행나무가 계절을 돌아간다

오고 가는 발자국도 없이
자박자박 소리를 낸다
중심을 잃은 사람들의 맨발
말 없는 말씀을 주워 담는다

천태산에는 영국사가 없다

나무

나무는 우리 생에
얼마나 큰 기쁨 안겨주었던가
나무는 수많은 이파리 떨어내고도
나무로 우뚝 서 있다

나무는 봄에 태어나
여름으로 자라는 동안 이파리를 키운다
물소리가 골짜기를 깊게 할 무렵
나무는 가을 속에서 만산홍엽을 이룬다
눈이 내리고, 나무는
겨울 속에서 따스하게 방을 지핀다

푸른 햇살이 나뭇가지에 내려앉는다
하얀 물방울이 나무 둥치를 타고 오른다
초록은 잠깐
골짜기를 깊게 하는 물소리도 잠깐
붉은 단풍도 잠깐 또 잠깐

나무는 모든 것들 비워내고도
저토록 당당한 품이 되어 아름다운 것

나무는 탱탱한 껍질을 두르고 있다

산괴불주머니라더니

말 그대로 산괴불주머니라더니
산집의 마당가를 점령하고
산수유보다도 먼저
노란 꽃망울 질펀하게 깐 놈이
하필 산괴불주머니라니
작은 주머니 활짝 펼치고도
독을 품은 괴불이라 야단이더니
꽃의 초롱을 달고서도
괴불주머니 뒤집어써야 했다니
마치, 죽은 자의 집안에서
저리도 가당찮은, 꽃을 피우다니
한해 지나고도 살아남아
큰 주머니마저 터뜨리며
종내는 무애(無涯)의 집을 짓다니

궁의 남쪽
—궁남지에서

궁의 남쪽에는 못이 있다
그림자가 없는 족속들이 살림을 이룬 곳
죽음의 공주, 죽음의 궁녀, 죽음의 무녀들
진흙바닥에도 푸른 자궁은 있어
죽은 자들이 못 속에서 생을 얻는다
폐망한 나라의 궁을 환히 밝혔던
적요한 햇빛이 물 위를 걸어 다닌다
수만 개의 바람이 못마다 만개한다
그녀들은 죽음만 거슬러 오른 생이 아니었다는 걸
궁의 남쪽 못가를 거닐며 보았다
물살이 치밀어내는 푸른 무덤 속에서
하얗고 노란 붉은 꽃들이 내려온다
꽃길 열리면서
그림자가 없는 족속들이 그림자를 이끌고
복원된 궁을 향하고 있다

입춘(立春)

진악산(眞樂山)은 즐겁다

천 년 묵은 은행나무
생불처럼 보석사를 품고
검은 가지, 가지마다
새 귀를 달고 있다
물소리 바람소리 새소리
이쪽 귀 듣고 저쪽 귀 흘리며
느긋하게 깊어진다
샘물을 찾아 길 거슬러
영천암(靈泉庵)을 오른다
눈알처럼 박힌 바위를 타고
내리는 물소리가,
내 몸을 활짝 열고 내려간다
영천암을 엿본 하늘도
크게 깨친 것일까
크렁크렁한 소리로

구름을 깔고 앉아
봄을 가꾼다

입춘, 영천암 가는 길

산수유의 꿈

봄 오면 노오란 색동옷 골짜기를 누빈다
차가운 햇살 속 따스한 눈망울로 그대에게 달려간다
돌부리에 걸려 울멍울멍 눈시울 적시면서
물오른 나뭇가지 타고 꽃 속으로 들어간다
꽃들의 집에서 한오백년 살고자
죄 없이 멀어진 마음 가까이 촛불을 켠다
꽃의 시간 허공의 마음 같아 어디에도 보이지 않는다
빈들의 찔레 가시 뾰족뾰족 날카롭게 날 세우며
별들에게 작은 낚싯바늘 드리우는 저녁
마른 나뭇가지 잡고 다시 고갯마루를 넘는다
마흔여덟 번째, 내가 걷는 길이
꽃의 길 아니라는 것을 알면서도
별들이 산허리에 옅은 숨 내려놓기 전
그대에게 달려간다, 오래오래 내 사랑 부르며
하루하루 키 작은 희망 나뭇가지에 촘촘히 매단다
향기를 숨긴 채 누군가의 꽃 문신이 되기 위해
골짜기 발 딛는 곳마다 눈 시린 달빛 내려놓는다

이 모두가 짧은 봄밤의 꿈은 아니었겠지요

늙은 탱자나무

그녀의 몸속에는 소리들로 넘쳐난다
몸은 하루가 다르게 무너져가는데
소리들은 한낮의 땡볕처럼 필사적이다
자궁을 열던, 초경의 소리들이 살아나
메마른 땅을 촉촉이 적시고 있는 걸까
캄캄한 구멍 속에서
소리를 더듬으며 소리를 본다
호두알 구르는 소리
밤알 떨어지는 소리
단단한 껍질 속에는 연한 소리들이
허공에서도 살이 되어 내린다
언덕을 넘으면 골짜기가 소리들로 환하다
내 생의 마지막 가는 길
꽃이 아니어도 꽃이 지기 전
그녀의 몸처럼 소리들로 넘쳐날 수 있을까
이파리 하나 싹트지 않는,
늙은 탱자나무

저 느릅나무

느릅나무 강과 마주한다
잎의 장단
작고 보드라운 그림자를 부닐다
뿌리는 물살 급할수록
강 아닌 허공 쪽에서
짙푸른 밤을 살아낸다
까막까치 나뭇가지에서
강의 자락 찍어 올린다
나는 언제
강물 마주하는
저 나무처럼,
가파른 물살 재울 수 있을까
나는 언제나
어둔 밤에 빛을 묻는
반딧불이처럼
세상 한가운데
한 뿌리 시로 잠들까

거기, 봄 있다

눈 속에 푸른 잎 솟구친다
냉이 씀바귀 벌금자리 쑥 돌나물
달래 국수뎅이 꽃다지 돈나물
쌓인 눈 헤쳐 보면
그곳에 푸른 밥 있다
아, 눈이란
봄볕보다 빠르고 따스하다
투명하게 아름다운 눈
거기, 봄 있다

시

시집에는 시가 없다
쉿! 쉰! 시!
가장 소중한 것은
허공이 되려고
바람 속에 쉿!
구름 속에 쉰!
달빛 속에 시!
허공 아닌 곳에
함부로 두지 않는다
뿌리, 가까이
거기 시가 있다
쉿! 쉰! 시!
가장 소중한 것에는
따로 집이 없다

나무의 수액

탱자나무 가시로 울타리를 쳤다

쥐똥나무 이파리로 담벼락을 쌓았다

싸리나무 꽃으로 이엉을 얹혔다

햇빛이 빠져나간 나무 그늘 속으로

능구렁이가 기이하게 어둠을 맞는다

달빛이 탱자나무 가시를 탔다

쥐똥나무 이파리로 바람을 지고 섰다

싸리나무 꽃 속으로 들어앉았다

햇빛을 찾아 허공의 혀에 닿는 동안

나는 나무의 수액을 빨아 먹고 자랐다

어정칠월

아버지는 낡은 타이탄 트럭 몰고 새재 다랑논에 물꼬
보러 집 비운 지 오래다 어머니 불편한 허리에 복대 차고
이웃집 과수댁으로 마실 나가고, 식구는 고등학교 다니
는 딸애 데리고 읍내 미장원에 갔다 어린 아들은 컴퓨터
게임도 싫증났는지 강사 시간품도 끝난 칠월 완전 백수
말동무나 해주겠다고 해찰대며 말썽만 부린다 그런 녀석
이 얄미워 며칠 전부터 낚시 가겠다고 약속해 놓은 것도
잊은 척하고, 오늘은 기어이 고래 잡겠다며 덥석 안아 올
린다 여물지도 안은 작은 고추 만질 때 말매미 깽깽매미
참매미 보리매미 쓰름매미 아주 늙은 우리집 지킴이 감
나무 타고 청청 하늘을 찌르는 것이다

제4부

망초꽃

가난은, 밭만 갈아 피는 꽃

비탈진 밭이랑의 구름떼

짧은 여름밤을 하얗게 지새우는

망초꽃

봄이 왔다고

묏등에 할미꽃 피었다

쑥꾹새 날망집 너머 성주산에서 쑥꾹댄다
뻐꾹새 개울 건너 비봉산에서 뻐꾹댄다
산양 골 깊은 갈기산 암벽을 타며 메메엠댄다

겨울날 사랑방 수수대울에서 잠자던 감자
쭈그렁 할미가 되었지만
무른 살속에는 옹달샘이 들어찼다

울 엄마, 삐삐쭉 눈 띄우는 씨감자 잘게 쪼개
대소쿠리 가득 담아 머리에 이고
호미 들고 텃밭으로 간다

밭등에 할미꽃이 피었다

백중날

6·25 동란 때 빨갱이로 몰려 죽었다는 막내삼촌 천도
재 지내러 할머니 천태산 오른다

농익은 과일 장만하여 천신(薦新) 올리러 할아버지 목
욕재계하고 사당을 찾는다

밀 빻아 밀개떡 만들고, 감자 갈아 감자전 부쳐두고, 어
머니 두레삼 삼기 위해 이웃집으로 품앗이 간다

세벌논매기를 끝낸 아버지 읍내 장에서 동네 어른들과
막걸리 잔을 비우며 백중놀이 즐긴다

서른 넘도록 장가도 못간 작은 머슴 이웃동네 과수댁
과 눈 맞아 소타고 신부 데리러 가는데, 햇총각 늙은 총
각 외딴집 곱사등이까지 쾌지나칭칭 쾌지나칭칭 징 울리
며 따라간다

나는 동생과 밀개떡 감자전 배부르게 먹고 골목을 누
비며 숨바꼭질하며 노는데, 황구렁이도 덩달아 신이 나
는지 뒤뜰 장독대 옆 휑하니 돌아서 한가롭게 담장을 타
고 있다

시간강사
—박형준에게

시간강사 날품이 삶을 말아가도
넌 시를 쓰고 있을 게다
따수운 밥을 얻고자
식전부터 집을 나서지는 않았으리라
불러만 주면
허겁지겁 달려가야 하는 불문율
삶의 틈바구니에 끼어가듯
고속열차 비좁은 의자에 몸을 묻고
서울에서 광주까지보다 긴 시를 쓴다
그 사이, 영동서 서울 가는 열차 속
나는 감기는 눈 달래며
설레는 봄기운처럼 아침을 연다

누가, 저 들판에
푸른 밥상을 차려 놓았나
달게 먹고 싶은 마음 간절한데
빠른 속도로 뒷걸음치는

이 허기진 아침,
모가 되지 못하고 도뿐인 삶
때로는 도가 모보다
요긴하게 쓰일 때 있다며
거기가 어디든 달려가는 너
조각 시간으로 삶을 기운다
평화롭게 시를 쓰는,
환장하게 벅찬 세상 꿈꾸며
어둠 속을 질러간다

오래된 집

하늘의 구름을 받드는 산중에
아주 오래된 집 있다

비가 오는 날이면 멀리 강물소리
골짜기를 타고 올라
오래된 집 강마을로 데려다 주려고
물소리 콸콸 마당 가득 쏟아놓기도 하는데,

낡아 비틀어져 짐승 같은 집
어찌된 일인지
하늘과 좀체 떨어지지 않으려는 듯
밤이면 산마루 바람 잘 드는
솔숲으로 나앉았다가
새벽녘에는 다시 돌아오곤 한다

헤아릴 길 없는 기막힌 곡절
산과 하늘, 집의 경전인 듯

이 광대한 허공을 붉게 물들이고 있다

몸을 낮추고 속도를 되돌리는 일
한없이 슬퍼 보이면서도
아름답다 여기는 것
오롯이 나의 딴 마음은 아닐 것이다

화골 사람들

천태산 너머 화골 조팝나무꽃 지천이다
골짜기 따라 산날망까지 하얗다

화골 사람들 보릿고개 때에는 피죽 한 대접
제대로 먹지 못하고
죽어 나자빠져 장사 지냈다던 골짜기
눈물바다 십리가 꽃길 십리가 되었다

포원진 쌀, 쌀밥 맘껏 드세요
조팝나무꽃 쌀 잔치 연다
전도 부치고 돼지머리도 올리고
막걸리도 돌린다, 산동네 꽃동네
쌀꽃이라 노래 부른다

할아버지 그 할아버지 모판
보리 이랑 가득 하얀 꽃,
이장 면장 군수도 잔을 올린다

둠벙 개구리들도 개굴개굴 축문을 읽는다

쌀농사 잘 되었습니다
내년에는 아랫마을 길곡 새뱅 동곡리 지나
우리 마을에도 조팝나무꽃 무성할거다

쥐똥나무

첩첩산중 새재골 똥구멍 찢어지게 가난한 사람 살았는디, 어느 날 산을 내려와 대궐 같은 부잣집을 지나게 된거여 하도 큰 집이라 담장 너머로 집안을 둘레둘레 살피면서 걷는디 고깃국에 허연 쌀밥 먹는 사람들이 보이는거라 맨날 푸르죽죽한 나물죽에 보리쌀이라도 섞이게 되면 목구멍이 즐거웠던 그 사람 허연 쌀밥을 보니 눈이 뒤집혀 발길이 떨어지지 않는 겨 그렇다고 대문을 열고 들어가 얻어먹을 염도 못 내고, 마냥 부잣집 담장에 붙어서 목구멍으로 침만 삼키다가 돌아왔다지 그날 이후 눈에 삼삼 쌀밥만 보여 쌀밥쌀밥 하다가 결국 죽게 된 거라 한평생 쌀 한 톨 먹어보지 못하고 죽었으니 그 사람 다음 생에는 배곯지 않는 중생으로 태어나길 지극으로 소원했다지 뭐래

근디 하필 쥐로 태어난 거라 그래도 어쨌든 이집 저집 곳간 드나들며 쌀로 배를 불릴 수 있어 좋았는디, 사람들 제 식량 축내는 쥐를 그냥 놔뒀겠어 쌀 도둑 생쥐는 제

명대로 살지 못하고 결국 쥐덫에 치어 죽임을 당했다지 뭐래 죽고 나서야 곳간 누비던 날들 돌아보니 일 안 하고 저 하나 잘 먹겠다고 도둑질한 죄가 크게 보이는 거라 그래서 그 쥐새끼 쌀 먹고 싸질러 놓은 똥 들고 사람들 사는 집 울타리 나무로 서서 참회하기로 했다지 뭐래 야긴즉슨 곳간 바라보며 주린 배 더욱 주려가면서 하얀 눈물 쌀처럼 피워내다 쥐똥 같은 열매 떨구는 쥐똥나무로 살게 되었다는 거라

쥐똥나무 슬픈 전설 우리 할머니 이야기인지 몰라
쥐똥나무에 쥐똥 어지럽게 매달려 있다

죽었다,

대나무 죽었다
감나무가 죽었다
지난겨울 혹한(酷寒) 때문이라고 했다

대나무 죽으면
대인(大人) 죽어나간다는 소문 있다
소인국(小人國)에는 대인이 없다
없는 대인 어찌 죽을 수 있는가
모리배들은 혹한에도 죽지 않는다
죽어나간 것은 대나무뿐이다

감나무 죽으면
동네 망할 거라는 소문도 있다
동네는 쭈그렁 할아범 할멈만 있다
앞집 곰배팔이 학산댁 죽었다
옆집 뻗장다리 호탄댁 죽었다
뒷집 딸기코 박영감이 죽었다

아랫동네도 서너 명 죽어 나갔다
윗동네도 네다섯 명 죽어 나갔다

골목마다 상여가 넘쳐났다
망자가 넘어가는 언덕에
감꽃 대신 찔레꽃
하얗게 길 밝히고 있다

모리배들은 죽지 않고
쭈그렁 노인들만 죽었다,

내 곁에 없다

새벽길 걷다,
먼 길 떠난 시인 생각한다

'내 사랑 내 곁에' 부르다 죽은 김현식
그의 노래를 빼어난 음울로
신명으로 부르다 죽어간 시인

책상 위에 그의 유고 시집
『고향 길』 달랑 놓여 있다
영원하리라 믿었던 내 사랑도
고향으로 돌아갔다
가을 시인처럼 떠났다

새벽길, 안개가 깊다
먼 길 아니지만, 지척이라 할 수도 없는
물소리 서늘한 그곳으로
나는 다시 갈 수 없다

핫, 수상한 시절

　우리집 담벼락에 매달린 박이 늙기도 전 담장 아래로
떨어진다
　배나무집 텃밭의 애호박은 꽃잎이 말라비틀어지기도
전 땅바닥에서 나뒹군다
　날망집 할머니는 가을 가뭄이 깊어 그런 것이라 하고
　닭집 아저씨는 시절이 핫, 수상하여 모다 그런 것이라
한다
　어제는 아랫마을 김영감이 소 값이 똥금이 되자 홧김
에 목숨을 끊었다
　까마귀가 왼종일 까만 울음을 감나무 나뭇가지에 매달
무렵

감자꽃 핀다

찔레꽃 언덕 넘어가는 사이
감자꽃 보리밭 이랑 타고 온다
가문 여러 해 날
찔레꽃 슬픔과 기쁨으로 피고 진다

찔레꽃 대문 밖으로 여럿 사람
통곡으로 밀어냈을 때
감자꽃 파아란 자궁 속으로
환한 기쁨으로 다가온다

찔레꽃 상여 만장도 없이
진다 적막한 산언덕
홀로 넘어간다 찔레꽃

감자꽃, 아들 며느리 손자 손녀도 없이
허물어진 돌담 옆 텃밭
쓰리고 아프게 핀다

땡볕 속에 하얀 슬픔 소복하게 피운다

찔레꽃 지면 감자꽃 핀다

애호박

불볕에 꺼져버린 천변 모래밭

애호박, 한철의 인생을
누군가 뜨겁게 달구고 있다
끝없는 고통이 저토록
두루뭉술한 사랑 밖
화염(火焰) 속에서 자라게 하나

제가끔 타들어 가는 생의 길
마치 내 몸속에서 팍팍한
모래가 구르는 것 같다
초원은 아주 먼 곳에 있지만
불의 땅에서도 샘물은 솟는다

천변 모래밭, 물결치듯
해를 삼키고는, 힐끔
나를 한번 쳐다보다

애호박, 모래 둔덕을 지나
화엄(華嚴) 속으로 들어선다

바퀴벌레는 바퀴를 먹는다

바퀴벌레 뱃속에는 바퀴가 들어 있다

바퀴벌레 배는 까맣다

입안에는 톱날보다 날카로운 이빨도 숨어 있다

송충이 배추벌레 무당벌레 쇠똥구리 메뚜기

까치 까마귀 딱따구리, 잘근잘근 바숴 삼킨다

까만 뱃속은 아버지 묵논 물빛 수의 들어 있다

어머니 묵밭 구절초 쑥부쟁이 꽃말 들어 있다

바퀴벌레는 바퀴를 먹는다

속도가 속도를 잡아먹는,

바퀴벌레 뱃속엔 빛보다 빠른 쇠바퀴가 돌고 있다

늙어가는 시간 속에서
반짝이는 기억들

유성호(문학평론가, 한양대 교수)

1

양문규 시집 『식량주의자』는, 오랜 경험적 시간들을 실물 감각으로 재현하면서, 천천히 사라져가는 존재자들에 대한 애잔한 기억들을 충일하게 채워간 서정시집이다. 그는 이번 시집에서, 오랫동안 가난한 생을 이어온 이들에게 차분한 연민의 시선을 보내면서, 그들의 늙어가는 시간들을 향해 간곡하고도 아름다운 목소리를 얹어주고 있다. 그렇다고 양문규가 자신이 관찰한 이들의 생을 표나게 서사적으로 갈무리하고 있는 것은 아니다. 다만 그는 농촌 사회가 오랫동안 거느려왔던 경험적 세목들을 충실하게 복원하면서, '아버지'로 대표되는 한 세대의 삶과 시간 그리고 거기서 비롯되는 자신의 정서를 서정적으로 노래하고 있을 뿐이다.

우리가 이러한 양문규 시편들을 신뢰의 눈으로 바라보는
까닭은, 그것이 아무나 흉내 낼 수 없는 직접적 경험의 세계
인 데다가, 한편으로 그것이 근대의 이면을 비추어볼 수 있
는 역상(逆像)으로서의 기능을 충실하게 수행하고 있기 때
문이다. 그만큼 우리는 그의 시편들을 통해 구체적 시공간
에서 빚어진 사람살이의 양상을 사실적으로 경험하게 되
고, 근대의 속도전과 폭력성에 의해 밀려나고 있는 어떤 경
험적 실재들을 어둑한 풍경 속에서 바라보게 된다. 결국 이
번 시집은, 시인 자신과 함께 늙어온 그리고 늙어가는 시간
에 대한 절절한 헌사이자, 그 속에 반짝이는 선명하고도 아
릿한 기억을 기록한 섬세한 화폭이기도 하다. 이제 그 세계
안으로 들어가보자.

2

원래 '아버지'는, 모든 이들의 기억 속에 있는 발생론적
수원(水源)이다. 특별히 양문규에게 '아버지'는, 혹독한 가
난과 가파른 노동으로 일생을 살아오셨고 지금은 아슬아슬
한 잔영(殘影)으로 남아 계신, 한편으로 우뚝하면서 한편으
로 스러져가는 존재이다. 그의 작품 속에서 '아버지'는 "젊
은 날 아버지 맨손으로 들판을 일구던 피눈물"(「미루나무

연립주택」)에 대한 기억으로 시작하여, "따슨 햇살 흠뻑 먹은 들녘으로/뚜벅뚜벅 걸어나가고 싶은,/우리 아버지 뜨뜻한 아랫목에서/벌겋게 밥 비며 먹는"(「늙은 식사」) 풍경에 대한 기억을 지나, 이제는 "햇살도 터져 내린 늦가을 저녁/찬서리마저 핥아 빨아먹고/그렁저렁 한 주먹 살이 된/아, 늙은 아버지"(「홍시」)에 대한 기억으로 현상된다.

그렇게 양문규는 이번 시집에서 "흙과 더불어 일생을 살아온"(「아버지의 감나무」) 아버지를 중심에 모시면서, 그 그리움의 내질(內質)을 천천히 하나하나 완성해간다. 지금도 시인의 구체적인 기억을 채우고 있는 '연장'들에서도, 이러한 '아버지'에 대한 그리움이 선명하게 묻어난다.

아버지 집에는 오래된 낡은 연장들이 많다
어깨가 빠진 지게 이가 빠진 낫살 휘어진 갈퀴
손자루가 부러지거나 몸통만 남은 괭이 삽 호미 망치 도끼
녹슨 쟁기, 농사일에서 없어서는 안 될 크고 작은 연장들
집구석 여기저기에 처박혀 있다
한낮인데도 들판으로 나가지 않고 깊은 잠 속에 빠져 있다
해 뜨는 이른 봄부터 해질녘 늦은 가을까지

아버지의 손과 발이 되어주던 연장들

아버지 제 살붙이처럼 어루만지고 있다

휘어지고 부러진 녹슨 연장보다

흰 머리 삐걱대는 팔다리

캄캄한 눈, 들리지 않는 귀,

자신의 몸뚱이가 더 늙고 병들었건만

아직까지 밥만 축낸다며 볼멘 소리를 한다

저 연장들 잠만 잔다고 안타까워 그렁거린다

　　　　　　　　　—「아버지의 연장」전문

　아버지 집에 느런히 남아 있는 "오래된 낡은 연장들"은,
육신의 시효를 마감해가는 '아버지'의 고스란한 은유가 된
다. 그 연장의 세목들은 농촌 경험의 세부적 진경(眞景)이
아닐 수 없는데, 아직도 시가 민족어의 보고(寶庫)이고 사
라져가는 것들의 기록이라는 믿음을 양문규는 이렇게 실천
하고 있다. 아닌 게 아니라 그것들은 '지게'로부터 시작하
여 '갈퀴/괭이/삽/호미/망치/도끼/쟁기' 등으로 연쇄적 고
리를 형성한다. 하지만 더 중요한 것은 그것들이 한결같이
어깨가 빠졌거나 이가 빠지고, 낫살이 휘어지고, 손자루가
부러지고, 몸통만 남아 있고, 녹슬어 있다는 사실이다. 한때
"농사일에서 없어서는 안 될 크고 작은 연장들"이, 이제는

잠 속에 빠져 있고 곧 사라져갈 순간에 놓여 있는 것이다.

　한낮인데도 들판에 나가지 않고 깊은 잠 속에 빠져 있는, 노동의 기능을 완전히 상실한 연장들은, 늙어버린 '아버지'와 의미론적 등가를 이룬다. 아침부터 저녁까지 봄부터 늦가을까지 노동의 반려가 되었던 그것들이 이제는 효용성을 상실해버려, 집에 계신 '아버지'와 처지가 비슷해졌기 때문이다. 그런데 아버지는 그것들을 "제 살붙이처럼 어루만지고" 계시다. 그렇게 한 몸으로 결합한 아버지와 연장들은 천천히 늙어가는 농촌 공동체의 시간을 뚜렷한 실감으로 전해준다. 결국 오래된 낡은 연장은 "흰 머리 삐걱대는 팔다리/캄캄한 눈, 들리지 않는 귀"를 가지게 된 아버지의 노경(老境)을 선명하게 은유하면서, 우리로 하여금 그것들을 향한 아버지의 안타까움과 볼멘 소리가 사실은 자기 자신을 향한 것이라는 점을 알게 해준다.

　　식량주의자였던 아버지 평생 농사꾼으로 산다
　　논과 밭과 한 몸으로 연민할 것을
　　사랑할 줄 아는 아버지의 연대
　　쌀 보리 밀 콩 감자 고구마를 위하여
　　일흔, 하고도 네 해 동안 보급 길 걸어왔다
　　뜨거운 숨을 내뱉으며,

땅속에 낙원이 들어앉길 바라진 않았지만

똥막대기보다 못한 농사가 뭐 그리 대단해

폐농의 논과 밭 밟지 않고

사월과 오월 사이

거침없이 자운영꽃 자청한 검붉은 울음

아직도 토해내는 것인가

새파랗게 빛나는 농사는 어디에도 없는데,

—「식량주의자」 전문

　시집의 표제작이기도 한 이 시편에서, 화자는 평생 농사꾼으로 그리고 '식량주의자'로 살아오신 아버지를 회억(回憶)하고 있다. 한평생 아버지는 '논과 밭' 그리고 '쌀 보리 밀 콩 감자 고구마'를 향한 연민과 연대와 사랑을 일관되게 실천하신 분이다. 그런데 그렇게 오랜 세월 뜨거운 숨 내뱉으며 걸어온 농사꾼의 길은, 이제 "똥막대기보다 못한 농사"라든지 "폐농의 논과 밭" 같은 표현에서 퇴락의 징후를 현저하게 내보인다. 이때 봄이 되어 거침없이 피어나는 '자운영꽃'과 이제는 어디에서도 찾아볼 수 없는 '새파랗게 빛나는 농사'의 대조는 한평생 식량주의자였던 아버지의 영락(零落)한 현실을 잘 암시해준다. 봄 풍경에 편재(遍在)하는 꽃의 붉은 빛깔과 부재(不在)하는 농사일의 푸른 빛깔의

암시적 대조가, "낡은 집에 홀로 사는/등 굽은 아버지"(「예쁜 벌레들」)를 다시 한번 은유하고 있는 것이다.

이처럼 양문규 시편들은, 혹독한 가난과 가파른 노동을 통과해온 아버지의 젊은 날과 함께, 이제는 소멸해가는 폐농의 시간을 쓸쓸하게 담아낸다. 한때는 거친 숨 토하며 달려왔던, 하지만 이제는 천천히 늙어가는 시간들에 대해, 애틋하고도 진한 정서적 연대를 보여준다. 말하자면 양문규는, 늙어가는 시간에 대한 짙은 연민을 집중적으로 발화함으로써, 근대의 속도전과 폭력성이 하나하나 지워간 시간들에 대한 심미적 기억을 되살리고 있는 것이다.

3

앞서 살폈듯, 한평생 가난과 노동의 삶을 이어온 아버지의 모습은, 시인으로 하여금 아버지가 식솔처럼 만나왔을 시간들에 대한 정밀하고도 아름다운 기억을 하게끔 하였다. 시인 자신의 오랜 시간도 함께 매개되었을 이러한 기억들은, 그 사실적 세목이 매우 풍부하고 충실하여 그 점만으로도 읽을 만한 기층언어의 한 성찬이 되고 있다. 또한 이는 늙어 사라지는 것들에 대한 애잔한 연민이자, 새로운 강박으로 편재화하고 있는 근대적 시간에 대한 '느림'의 저항 작용이라고 말할 수도 있을 것이다. 다음 시편에는, 지나간

유년 시절을 일종의 축제적 상상력으로 활달하게 재현한
백석(白石) 초기 시편의 외관과 기율이 그대로 녹아 있다.
그의 기억과 상상력이 어둑함에만 머물러 있지 않은 것을
보여주는 뚜렷한 실례일 것이다.

    윗방 수숫대 통가리에 고구마가 들어 있었다

    뒤뜰 장독대 옆 배가 불룩한 구덩이 속에는 무가 가득하
였다

    곳간 시렁에는 분이 듬성듬성 난 감 껍질이 소쿠리에 수
북하였다

    다섯 식구 겨울양식이었다

    아버지는 사랑방에서 새끼를 꽜다

    방둥이 사이로 빠져나온 새끼줄이 산처럼 쌓여 있었다

    아버지가 꼬아 놓은 새끼줄로

    어머니와 누이는 가마니를 짰다

    차가운 겨울이 거친 가마니 한 장에 덮여버렸다

    동생과 나는 딱지치기를 하다가

    물컹하게 삶은 고구마를 동치미와 곁들여 먹었다

    살짝 얼은 무를 깎아 먹고

    무 방귀를 수시로 뀌면서 코를 막았다

    감 껍질을 먹다가 하얀 분이 묻은 손가락을 빨아먹었다

손가락을 빨 때마다 아랫마을 점방
알록달록한 눈깔사탕이 간절하였다
밤이 깊어가는 줄도 모르고
이웃집 개가 눈을 밟으며 짖어댔다
세상을 밝히는 등잔불이 봄 물결처럼 푸르른 겨울이었다
　　　　　　　　　　　　　　　—「겨울이었다」전문

　이 시편은, 화자의 기억 속에 있는 어느 한 시절의 겨울
풍경을 서사적으로 재현하고 있다. 그 기억 안에는 '고구
마'며 '무'며 '감 껍질'이 제자리에 다 들어 있다. "윗방 수
숫대 통가리"나 "뒤뜰 장독대 옆 배가 불룩한 구덩이" 그리
고 "곳간 시렁"같은 세목에는 경험적 충실성이 다시 한번
선명하게 묻어난다. 그것들이 사실은 화자의 "다섯 식구 겨
울양식" 전체였던 것이다.
　사랑방에서 새끼 꼬는 아버지, 가마니 짜는 어머니와 누
이, 그 노동에서 비스듬히 비껴나 딱지치기나 하는 형제가
그 다섯 식구인데, 이때 형제는 '삶은 고구마'는 동치미와
함께 먹고, '무'는 살짝 언 상태로 깎아 먹고, 감 껍질을 먹
으면서는 "아랫마을 점방/알록달록한 눈깔사탕"을 삼삼하
게 그리워하는 전형적 시골 어린이들로 재현된다. 그 어린
이들의 시선과 경험으로 재현되는 풍경이, 비록 가난하지

만 축제적 흥성스러움이 있었던 한 시절을 밝히 보여주고
있다. 그래서 화자는 그때가 바로 "세상을 밝히는 등잔불이
봄 물결처럼 푸르른 겨울"이었다고, 그리고 모든 식구들의
조화로운 시간이 거기 녹아 있다고 노래하는 것이다. 천진
성과 애잔함이 결합된 이러한 경우 외에도, 양문규 시편에
는 말놀이의 감각이 살아 있는 사례들도 적지 않다.

자투리땅에 콩꽃 피었다

밭두렁에 밭두렁콩
논두렁에 논두렁콩
울타리에 울타리콩

비리고
아리고
상큼한,
콩

우리 아버지
몸속에
콩 들어 있다

피땀으로 결집된
콩콩콩
몸속을
빠져나와

논두렁에 피었다
밭두렁에 피었다
울타리에 피었다

진신사리보다
알찬 콩
알콩달콩
콩꽃,

─「콩꽃 피었다」 전문

이 시편에서 같은 받침으로 일정하게 운율을 형성하는
단어는 '땅/콩/두렁'이다. 그리고 'ㄹ'음의 유음적 음가(音
價)로 인해 음악적 효과가 생겨나는 것이 '자투리/두렁/울
타리/비리고/아리고/우리/들어/결집/사리/알찬/알콩달콩'
이다. 이렇게 나열해놓고 보면, 이 시편은 기의보다 기표가

훨씬 시적 구성에서 우위를 보이는 경우라고 할 수 있다.

'콩꽃'이 자투리땅에 피었다. "밭두렁에 밭두렁콩/논두렁에 논두렁콩/울타리에 울타리콩"처럼 그 나무에 그 열매가 열린 셈이다. 그것들은 "비리고/아리고/상큼한" 향기와 맛을 지녔는데, 그 콩이 아버지 몸속에도 들어 있다고 화자는 노래한다. 아버지의 몸속에 들어 있던 콩은 어느새 "콩콩콩/몸속을/빠져나와" 논두렁과 밭두렁과 울타리에 온통 피어난다. 그러니 아버지의 몸에서 나온 콩들은 "진신사리보다/알찬 콩"이 아닌가. 결국 알콩달콩 살아있는 존재가 바로 자투리땅에 핀 '콩꽃'이며, 아버지의 생인 것이다. 이렇게 양문규 시편은 일종의 말놀이의 감각을 탄력 있게 살려내서, 모든 살아있는 존재자들이 유기적으로 서로 결속해 있음을 천진하고 음악적인 언어에 담아내고 있다.

4·

양문규 시인이 보여주는 또 하나의 음역(音域)은 묘사와 어조의 활달함에 있다. 이것만으로도 양문규의 이번 시집은 읽는 묘미를 한껏 선사한다. 활달한 묘사와 어조를 통해, 일상에 편재해 있는 불모성과 소통 단절을 치유하고 새로운 소통의 가능성을 꿈꾸는 것은 권장되어야 할 시적 미덕이 아닐 수 없다. 가령 인간의 눈이 아닌 자연 스스로 주체가 되게 하여 그것을 묘사해내는 안목, 자신의 몸속에서 일어나는 생명의 움직임을 묘사하는 안목, 그런 것들이 어울려 양문규 시편은 생명 현상의 감각과 그 묘사를 제일의적 기율로 만들고 있다. 이를 통해 우리는 우리의 몸 안팎에서 잊혀진, 그리고 몸 안팎에 가득한 생명의 속성들을 두루 복원함으로써, 시가 가질 법한 역설적 항체의 역할을 강렬하게 느껴볼 수 있게 된다. 이때 양문규 시편은, 밀도 있는 감각적 구체성을 충실하게 견지한다.

겨울과 봄 사이 해는 가슴높이에서 지고 뜬다
하루아침과 하루저녁의 구름도
가슴높이에서 눈뜨고 잠잔다
그리움도 저렇듯 가슴높이에서
어두워지고 환해지는 걸까
활짝 귀를 열고, 이 겨울이 가고
또다시 봄이 만개하기 전
눈도 비도 아닌 구름의 소리를
낮게 흘러가는 가슴높이에서 듣는다
사철 꽃을 피우고 지우는 게
하늘과 땅 사이 가슴높이에서 뿌리를 내리는 것을
겨울의 길은 봄의 마음을 보고 있다

봄의 마음은 겨울의 길을 읽고 있다
눈 깜짝할 사이도 없이
꽃의 바다를 이루는 산촌
작은 오솔길 위로 떨어지는 진눈깨비,
진눈깨비의 현란한 소리를
봄과 겨울 사이 나는 듣고 있다

ㅡ「겨울과 봄 사이」 전문

　겨울과 봄 사이에 뜨고 지는 해는, 화자에게 '가슴높이'를 유지하는 것으로 보인다. 아닌 게 아니라 구름도 그렇게 '가슴높이'에서 눈뜨고 잠을 잔다. 이때 '가슴높이'는, 물리적 높이가 아니라 정서적 고도(高度)를 함의하는 것일 터이다. 그러니 그리움도 '가슴높이'에서 어두워지고 환해지는 것을 반복하는 게 아닌가. 어느새 화자도 활짝 귀를 열고, 구름의 소리를 '가슴높이'에서 듣는다. 꽃이 피고 지는 것도, 겨울의 길과 봄의 마음이 만나는 것도, 그 '가슴높이'에서 이루어진다. 화자는 산촌 오솔길에 내리는 진눈깨비가 "봄과 겨울 사이"를 알린다고 하면서, 겨울과 봄 사이를 적시는 진눈깨비가 조용히 내리는 것을 "현란한 소리"로 듣고 있다. 겨울을 지나 다가올 봄의 활력을 당겨서 느끼고 있는 것이다. 그렇게 곧 꽃이 필 것이고, '겨울의 길'은 '봄의 마음'을 보고, '봄의 마음'은 '겨울의 길'을 읽을 것이다.

진눈깨비 내리는 풍경 속에서 '현란한 소리'를 들은 양문
규는, 사실은 정말 중요한 것들에는 소리가 없다고 노래하
는 시인이다. 정확히 말하면 그것들은 안으로만 웅얼거린
다. 그래서 시인은 "나무는 모든 것들 비워내고도/저토록
당당한 품이 되어 아름다운 것"(「나무」)을 노래한다. 모든
것을 비워낸 나무의 몸속에서 '고요의 소리(sound of
silence)'를 듣고 있는 것이다.

> 그녀의 몸속에는 소리들로 넘쳐난다
> 몸은 하루가 다르게 무너져가는데
> 소리들은 한낮의 땡볕처럼 필사적이다
> 자궁을 열던, 초경의 소리들이 살아나
> 메마른 땅을 촉촉이 적시고 있는 걸까
> 캄캄한 구멍 속에서
> 소리를 더듬으며 소리를 본다
> 호두알 구르는 소리
> 밤알 떨어지는 소리
> 단단한 껍질 속에는 연한 소리들이
> 허공에서도 살이 되어 내린다
> 언덕을 넘으면 골짜기가 소리들로 환하다

내 생의 마지막 가는 길

꽃이 아니어도 꽃이 지기 전

그녀의 몸처럼 소리들로 넘쳐날 수 있을까

이파리 하나 싹트지 않는,

늙은 탱자나무

　　　　　　　　　　　　　　— 「늙은 탱자나무」 전문

　여기 '늙은 탱자나무'에는 온갖 소리들이 넘쳐난다. 비록 몸은 소멸해가지만, 소리들은 오히려 한낮의 땡볕처럼 필사적으로 살아난다. 노파로 비유된 그 탱자나무는 "자궁을 열던, 초경의 소리들"이 마치 돋아나는 듯한 느낌을 준다. "캄캄한 구멍 속에서/소리를 더듬으며 소리를" 보는 화자, 순간 호두알소리와 밤알소리 등 단단한 껍질 속에 들어 있던 연한 소리들이 막무가내로 피어난다. 그렇게 온산이 소리들로 환할 때, 생의 마지막 가는 길도 그렇게 '그녀의 몸'처럼 소리들로 넘쳐나기를 화자는 희원한다. 이파리 하나 싹트지 않는 '늙은 탱자나무'가 소리로 만개(滿開)한 상상적 풍경을, 그렇게 정성스레 완성하고 있는 것이다.

　이처럼 양문규는 비록 "어둔 밤에 빛을 묻는/반딧불이처럼"(「저 느릅나무」) 소멸해가지만, 안으로 깊은 소리들을 숨기고 있는 사물들 속에서 시의 거처를 찾는다. "몸을 낮추고 속도를 되돌리는 일"(「오래된 집」)을 통해, "뿌리, 가까이/거기 시가"(「시」) 있음을 발견하고 있는 것이다.

5

최근 우리 시대의 시인들은, 사라져가는 것들을 힘겹게 기억하고 상상적으로 복원하는 싸움을 마다하지 않고, 시가 그러한 영혼들의 내적 고투를 기록하는 것임을 부인하지 않는다. 거기에는 우리 시대의 중심 원리가 인간의 이성이나 관행에 의해 일사불란하게 관철되고 있다는 데 대한 부정과 함께, 이성이 그어놓은 숱한 관념의 표지(標識)들을 해체하고 재구축하려는 만만찮은 열정이 담겨 있다고 할 수 있다. 물론 그러한 부정과 해체의 정신은 실험적 전위들이 가질 법한 모험 정신과는 거리가 먼 것이다. 오히려 그것은 잃어버린 서정시의 위의(威儀)를 세우려는 고전적 열망과 깊이 닿아 있는 어떤 것이다.

그래서 그 안에는 인간들이 인위적으로 정해놓은 표지들과 그 표지를 지웠을 때의 자유로움이 대비적으로 그려진다. 그 자재로움이 바로 우리가 '근대'를 열병처럼 치르는 동안 상실한 생명의 속성이자 원리일 것이다. 우리 시대의 시는 이러한 생명의 속성에 대한 감각, 그리고 그것의 상상적 복원에 매진하고 있다. 물론 이러한 시의 방향이 우리가 상실한 거대서사(grand narrative)의 대안적 지평이 되기는 어렵겠지만, 우리 시대의 불모성과 교감 단절 그리고 실용주의적 기율의 범람에 대한 유력한 시적 항체는 될 수 있을 것이다.

우리가 읽어온 양문규 시편들은, 우리 시대의 폭력성과 불모성을 우회적으로 증언하면서, 가난과 노동의 시간으로 얼룩진 농촌 풍경의 아우라를 구상화하고 있다. 늙어가시는 '아버지'와 함께 늙어가는 '시간'을 형상화함으로써, 우리 시대의 한켠을 적극 암유(暗喩)한다. 순간 양문규 시는 "시가 아닌 곳에서 울음이 되고 마는"(「무극(無極)」) 어떤 것으로 전화하게 된다. 늙어가는 시간 속에서 반짝이는 기억과 함께, 우리도 사라져가는 것들의 위엄과 자존에 동참하게 된다.

시인의 말

서울 생활을 청산하고 고향으로 내려온 지 10여년이 훌쩍 지나갔다. 그동안 부모님 집을 비롯하여 고향의 농막, 중화사, 영국사를 거쳐 여여산방에 이르게 되었다. 어느 한곳 가족의 손길이 닿지 않은 곳이 없다.

어느덧 지천명, 어제의 아버지 나이가 되었음에도 나는 아버지로서의 삶을 살아내지 못하고 있다. 장남으로, 지아비로, 아비로서의 삶을 수행하지 못하고, 여전히 쉼 없이 일하고 계시는 아버지의 큰 그늘에 얼쩡대고 있다. 그런 면에서 부끄럽기가 태산과 같다.

이 시집은 온전히 아버지의 것이다. 아버지를 통해 지난날을 되돌아보고, 또 내가 나아갈 길을 뜨겁게 묻는다.

2010년 초가을 여여산방에서

양 문 규

식량주의자

2010년 9월 17일 1판 1쇄 찍음
2010년 9월 24일 1판 1쇄 펴냄

지은이 _ 양문규
펴낸이 _ 양동문
펴낸곳 _ 詩와에세이

신고번호 _ 제319-2005-000014호
주소 _ (120-865) 서울시 서대문구 북아현동 1-495 세방그랜빌 2층
대표전화 _ (02)324-7653, 070-8877-7653
팩시밀리 _ 0505-116-7653
휴대전화 _ 010-5355-7565
전자우편 _ sie2005@naver.com
공 급 처 _ 한국출판협동조합
주문전화 _ (070) 7119-1741~2
팩시밀리 _ (031) 944-8234~6

ⓒ 양문규, 2010
ISBN 978-89-92470-51-3 03810